歌集

半蔵門まで

柳澤依子

砂子屋書房

＊目次

I

II

装本・倉本　修

歌集　半蔵門まで

I

辛夷の梢

こんもりと森の樹のようわが庭の辛夷の梢に
山鳩の啼く

吾子らきてもろ手で抱けよ太き幹こぶしの花
は咲きて満ちたり

わが庭の若葉ひろがる辛夷の樹寄りて撫ずれ
ば力湧きくる

鶺鴒の木の若葉にかわる五月なりかがよう庭に
ひとり佇む

はつなつというには寒き今朝の雨くちなしの
花濡れて雫す

ねむの木の花の変化の白き綿ぽぁぽぁとして
かすかに揺るる

朽ちかける父の葡萄の枝先に十房ばかりの花
を咲かしむ

新しき墨は小判と銘ありて宝づくしの浮き絵もよろし

夏椿一輪咲きしと夫の声小さき硯に五滴をこぼす

かな書けば茜ぼかしに金箔のすこし散りたる
和紙にとけゆく

薬玉のべべ

チェーンソーうなりつづけて旧《ふる》家《いえ》の欅の大樹
つぎつぎ伐らる

落ち椿糸を通して首飾り遊びし友ら行く方も
知れず

われ七つぴらぴらかんざし薬玉のべべに木履《ぼっくり》
母と歩みき

大神輿初穂の束の宮飾りゆれゆれてゆくワッショイワッショイ

シャンシャンと手打ちで終る秋祭り初穂の束をほどきて投げる

町内のひとらとわれも手をひろげ棟梁の投げる初穂を受ける

夕暮れの買物帰り塀越しの萩見てゆかむまわり道して

赤黒き庭いちじくの太り実は昨夜の雨に裂けてくずれぬ

火の用心

小さき魚二匹描かれし古小鉢割れてしまえり
手元の滑り

朝冷えに濁り黄色の辛夷の葉かさりかさりと
絶えまなく散る

疲れしか夫のひる寝の呼吸づかい手編みのセ
ーター少し起伏す

山茶花の淡紅《うすべに》のはな散り残りいろ深みゆく庭
の一隅

嵯峨菊の霜にちぢれし根の元に青い芽のあり
手に触れてみる

雪の降る大つごもりのひるさがり椅子にもたれて夫はいねむる

赤き実をさえざえとつけし千両の一枝活けて新春を待つ

わが年齢をこゆる辛夷は冬空に銀色の芽をあ
また光らす

柝《き》を打ちて提灯を持ち「火の用心」夜警のわ
れは星仰ぎみる

柝の響き四辻に走り寒冷えの夜を満月とともに歩めり

緋の海

梅の香のにおえる窓に机よせ青墨《せいぼく》「梅が枝」
をゆるゆると磨る

土割りてみどり一せいに萌えいでぬラッパ水仙意志あるごとし

揺れている細枝の蕾ふくらみぬ辛夷の梢に風わたるらし

はらはらと辛夷の蕾ふりてくる鵯のせわしく
餌を食む朝は

扉《と》の外で彫刻刀を研ぐ夫に厨の内より声をか
けたり

井戸端に屈まり鑿《のみ》を研ぐ夫一年かけて仏像を
彫《え》る

朝戸繰りこぶしの花の三つ四つ開いていると
夫の声する

寄り添いて指のしぐさもしなやかにネクタイ
ピンをつけやる若妻

この年は嫁とふたりで笛太鼓弓矢も持たせ段
飾りする

「面竹《めんたけ》」の頭《かしら》ゆかしも童さび眉なき顔の次郎
左ェ門雛

ゆっくりと蕾はほどけ緋に炎える芍薬を一日
賞でてすごせり

緋の海の夢覚めし朝芍薬の花びらははや褪せ
て散りいる

華やげる大輪の花人口の交配の種あっけなく
散る

愛らしき姫紫苑まで雑草とひとからげにして
紐で縛れり

いずこより来りて果てしか黒き蜂腹えぐられ
て山吹の下

いちじくの老樹くろ黒と枝をはり空さす若葉
青き実を抱く

紅しだれ白やまぶきに山もみじ君子蘭咲き子
らを待つ庭

子を産みて物も食わずに乳をやる野ら猫の眼
は光りて強し

広場にひびく

遠くからB29の爆音がせまりくる夢　熱暑の
八月

暑き日の広場にひびく放送の　朕……の内容《わけ》
不明《わからず》　何ぞ

戦争は終りと聞けど負けしとはわれら思わず
何かせん　何を

十七歳《じゅうしち》の乙女子《おとめご》われら勝つことを疑いもせず
旋盤廻せり

泡の立つ石けんもなく作業着を水あらいせり
一五日の夕べ

動員の大学生らが持ち寄りし書物の中のダンテの『神曲』

学徒隊本部の棚に書物あり姫紫苑ひと茎びんに飾りぬ

鈴なりの実

はつ秋の蒼空あおぎうすもののとりどりの色
竿に乾したり

水の面に浮かびし板に蜷小貝なまめかしくも
いのち生きおり

白雨さり蓮の葉うらをふちどりし露きらめき
てしたたりもせず

ゆったりと広き葉ひろげ無花果は鈴なりの実
を今年もつけぬ

無花果の樹をよじ登るわが夫に親方気取りで
指図をしたり

とぐろまく蛇の残骸これまさに朽ち縄という
日本のことば

映像は十ミリほどの卵の影わが家に白くえご
の花咲く

母となるひとの肌えの透きて見ゆ甘夏を食む
指の細しも

秋日和生まれくる日を待ちわびて白く小さき
産着をたたむ

クーポン券

朝露にぬれいる定家の歌碑のあり発心門王子
より聖地に入りゆく

熊野古道中辺路を行く雨の中ふたりして辿る
ほそき山道

石塊の山路はけわし降りしきる雨したしたと
肩にしみいる

足元も膝もよろけてあめのなか祓戸王子に白菊咲けり

金婚に子らのくれたるクーポン券温海《あつみ》の宿のぬるき湯を浴ぶ

五十年たちて桜も老いにけり晶子の歌碑が川
の辺に立つ

傷つきて背びれ尾びれの白き鮭さかのぼりゆ
くを二人してみる

山寺の上りの細きまがりみち石仏の横に夫は
休みぬ

重ね立つ杉の大樹を仰ぎつつ一歩一歩を夫と
登れり

篝火の炎あばれて闇の夜の川面に映り波のかがやく

髭づら

夕闇のふかまりしとき携帯より息子の声す「肺
が破れそう」

急かされて手術の念書に書き入れる住所氏名の飛び散るごとし

すこし痩せ顎のあたりを手で撫でて白きがあると苦笑いする

さす傘にしがみつきつつ風に向き雨に打たれてひたすら急ぐ

わが問いにみじかく答え病床に窓ばかり見る髭づらの息子《こ》は

子を思い寝ね難き夜半にきこえくるかさりか
さりと葉の落ちる音

足指を吸いて

生まれ出でて未だ名もなきみどりごの口元ほどけ笑みつつ眠る

みどりごが喉を鳴らせて吸う乳は一直線にい
のちをつなぐ

子の家に近づきゆけば撓みたるミモザの花の
黄に湧き咲けり

嬰児は蕨こぶしをややひらき朝の光を浴びつつ笑う

みどりごは玩具にあきて足指を吸いて遊べり朝の日を浴び

大名の極めし贅を観賞《み》おわりて葵の柄のミニ
タオル買う

父のくれし抽斗の中に鍔一つ波に千鳥の金の
ぞうがん

大利根の運河のほとり一めんに菜の花咲けり
昭和のはじめ

菜の花の黄に靡く野を父と行く府立高女に合
格した日

雨すぎて垣に巻きいるすいかずら紅の花房わずかに光る

ガラス屋根の昼の光の降るプール足高く上げゆっくり水かく

思うことさっぱり絶ちて夕ぐれの厨に立ちて
豆の筋とる

庭甕の蓮華

暁のうすもやのなか直立てる蓮の蕾は宝珠と
なりて

朝光にひとひらひとひらひらきそめ蓮華はじらい天に微笑む

蓮華花はじらうごとき香をたたせ三分開きて黄の蕊みせる

子らをよび亡き父母も招き寄せ庭甕に咲く蓮
華みせばや

まといつく雄しべしりぞけ蓮の花あお青とし
て茎立ちにけり

阿弥陀さんお坐すところと蓮台を夫は彫《え》りゆ
く刀《とう》光らせて

離れ家の外壁に映るえごの木の葉影くっきり
十五夜のよる

蓮池の葉はしたたかに緑青を打ち重ねあい雨
をためいる

繁る葉にふわっふわっと浮いているハンカチ
の花に風があそべり

みどりごは蚕のごときやわき肌「紫外線怖れ
よ」と皮膚科の助言

紫外線の怖さを知りてみどりごに長袖きせる
夏の盛りを

みどりごはついに立ちたり一歩二歩、慎重緊
張、危うし危うし

ああ、ああと絵本ゆびさしわれに問うみどり
ごはすでに知識欲あり

困ったとき寄り目み開きポーズする術を覚えし幼な子一才

水含む幹

仰ぎみる橅の巨木は枝を分け太陽を恋い若葉
ひろげる

水含む幹は無用と捨ておかれ原生林になりて
のこれり

ぶな林の窪地に澄みし青色のインクのごとき
沼　風もなし

ぶなの森ガイドのまたぎの老い人は熊、蛇、
橅を語りて尽きず

足裏にぶな林の落ち葉やわらかし木の香につ
つまれゆっくり歩む

身をくねりふいに出でこし赤肌の蛇のぬめり
に朝の日ひかる

数千の雑木ひしめく白神に橅の巨木は泰然と
立つ

橅の森落葉の積もる窪み地にモリアオガエル
の泡枝にあり

霧去れば千畳敷カールの岩かげに駒薄雪草は
しずくをまとう

黒ぐろと巨大鯨の背のごとし甲斐に対峙す冷
えたる岩漿《マグマ》

蛇の記憶

まむし酒つくらんとして酒注ぐ殺生ゆるせと
父は唱えて

壜の口を金網でふさぐ一升びん酒注ぎゆけば
まむしあばれる

首をふり八岐大蛇あらぶれる祭の神楽父と見
し宵

マハラジャの宮殿へのみち笛の音に籠より出で来るコブラの頭

バス停の前の蛇やの球形のガラスケースにまむし蠢く

戸越村

わが町の通いなれたる道筋の石の柱に残る橋の名

暗渠みち石に刻める橋の名は「古とごえばし」
ようやく読める

水清く江戸越えしところ荏原郡戸越村なる田
舎でありし

品川の八潮海風わたりきて夏の夕べに涼みし
縁台

山の手線大崎駅前工場群一挙に消える轟音た
てて

手をひかれ父母と昇りし木の階段大崎駅は小さき駅舎

ティシャバの向うは屠殺場引かれゆく牛の涙を見たるおさな日

道標の苔むして立つ「マエ・オオサキテイシャバ道大正六年」

靴音

布団被き薬缶を持ちてただ逃げき　油脂焼夷弾降りくる夜を

朝礼のあとの行進くたくたと歩く児童を教師はなぐる

授業中に江田島の話する教師若きわれらは心ゆすらる

コツコツと靴音のこし憲兵は路地裏の家に入りゆきたり

配給と防火訓練、お目つけ役、隣組とうしめつけに耐う

戦争は気付かぬ中にじわじわと人の心を狂わせていく

焼跡の八百屋に少し売られいる人参玉葱の高《た》価《か》かりしこと

敗戦後お金も薬もなきままに母は逝きたり三年を病み

母と見し銀座の暮の慈善鍋救世軍のりりしき婦人

紅玉の香り

激痛に首肩背中絞られて夜半に耐えいて暁と
なる

諏訪に住む義妹より届く紅玉のつやめける紅
両手につつむ

紅玉の香りたたせてするすると皮むきながら
義妹を思う

眼《まなこ》を病む息子につきそう妻あれば孫を遊ばせ
帰りを待てり

ゆるやかに十指ひろげて砂すくうおさなの頬
に春の陽がさす

三歳の子は積木ふりあげ「あかんべー」反抗
という を既に宿しぬ

叱られてまばたきもせず向かいくる春の子馬
は勢い強し

遊び疲れだっこおんぶともたれくる柔らな躰
しばし抱きやる

ミルクティー

枇杷の木の花しらしらと咲きそめて冬至の夕べ髪を洗えり

梔子の熟れたる実をば数えゆく師走の午後の
やすきひととき

ひさびさに子らの家族の集うとき幼子ひとり
に人気とられて

幼子に会いに行く道黒き雪凍てつきておりゆっくり歩む

子育てに疲れしひととミルクティー熱くして飲む雪の夕ぐれ

白梅の香りをいだく霧雨に首すじ濡らし朝刊
をとる

晴れた日の午後の入浴足の指一本一本まずは
洗いて

「ガス栓はきちんと締めたか」眠る前今夜も
言えり襖を開けて

谷にわきたち

山を打つ夜半のはげしき雨の音さくらさくら
の吉野の坊に

朝光に花をくぐりて鶯の鳴き響く声谷にひろがる

み吉野の中千本のさくらばな蔵王堂より霞みてみゆる

再びは来ることなきや君に添いさくらさくら
と一日を酔う

朝霧の谷にわきたちやがて消え山のさくらの
千本あらわる

「右いせ左かうや」の坂道をさくらたずねて
西行は過ぐ

「一枝を折らば一本の指を切る」戒めのこと
ば地のひとにきく

あやしくなりぬ

咲き盛る河津桜の陽に映えてそのトンネルに
紅とふれあう

下賀茂のゆるき流れの岸野辺に菜花つやめき
陽をはねかえす

川えびをガーゼの布で掬い取り跳ねるを素手
につかむ少年

「わが海馬」あやしくなりぬ二階へと上らんとして靴抱きいる

うら庭の日蔭にびっしりどくだみの十字花ひらくいのちの頸《つよ》し

都忘れつつじにうつぎ山吹と供華はやさしも
東寺の香たく

朝ごとに庭にむかいてパン紅茶健啖二人はる
けくも来つ

梅雨に入りひょっこり戸口に去年の蟇あいさつするかに畏まりおる

梅雨の日の午後のまどろみ霧のなか羊歯かきわけてハブ取る男

青々と羊歯は生きゆく夏の日をジュラ紀の祖
のすがたのままに

「めずらしい蝶がいるよ」と夫の声青じその
花ゆらす豹紋

うなだるる葉にささえられ蒲の穂は一直線に
乾き起立す

無花果の葉かげにとまる蟷螂の斧光らせて熱
暑の夕映え

庭すみのわずかばかりの空地さえ夏草たけて
手に負いがたし

桶四つ

夫も子も廃屋という離れ家の錆びたるドアを
開けて入りぬ

ぽたぽたと梅雨の豪雨に漏るしずく天井みつつ桶四つおく

半世紀のぞきしことなき離れ家の床下より出ず一斗樽三つ

わが婚に父建てくれし離れ家も半世紀経て雨の漏りくる

四十度超える熱き日屋根材に釘打つリズム弾みて速し

汚れいてひびの走れる外壁に先ずは塗られし
白の明るさ

板金工大工塗装工みな老いぬ「危険・汚い」
気にせぬ気配

墓参

上諏訪の墓山の道踏みしめて滑らぬように喘ぎいる夫

墓所より山を下れば秋の日の沈みし彼方
諏訪湖《うみ》暗く見ゆ

諏訪よりの義妹の便りと「ナイヤガラ」青き
ぶどうは仏間に香る

外食券食堂でありし古き家更地となりて雑草しげる

駅前はシャッター通り錆びめだつ自転車一台乗り捨てられて

私の予定

朝ごとに色変りゆく辛夷の葉掃き寄せながら
夫は咳する

夫とわれの入院用にと新しき下着と寝間着整えておく

歳末に一応まとめて捨てるごみ未練断ち切りきつく縛りぬ

来る年の未来図としてのカレンダー赤丸印の
私の予定

コーランの祈りの声と泣き声と自爆のテロの
死者搬ばるる

水清きカイバル峠近き村いま雪重く凍りておらん

東京の空を焦がせしアメリカの空爆の音わが耳にあり

成満式

池上のわが菩提寺の若き僧きさらぎ十日荒行おさめし

総門に色めき立てる幟旗十人の僧をでむかえ申す

百日の荒行成りし髯の面《おも》素足に見たりあかぎれのあと

氷《こご》りいる水舟の水一掬を桶たかく捧げ裸身に
浴びる

魔性なく成満せりと告ぐる声のきわまれると
き言葉とぎれぬ

湯田中の川原にふせる枯草の間をぬける雪解
水みゆ

葡萄棚りんご畑のつづくはて小雨にけぶる妙
高の山

小布施の地豪農商の高井家の財傾けし私塾は
広し

高井家の客間の端の床板がぽっかり開く「ぬ
け穴」のあり

北斎館もどりもどりて三たび見つ「富士越竜」の肉筆の白

II

手・指・爪

幻や小さきをわれの手につつみ眠れる赤子の
爪切りしこと

自転車のチェーンに指をはさまれし四歳二ヶ月の吾子の泣く声

若き日のわれとて指は細かりき指輪なんぞを欲ることもなく

原宿にたむろする少女らマニキュアの爪みせ
あいぬ細き指なり

『晩菊』の女は旦那を待つ時に絹の布にて爪
を磨けり

節くれし指十本に滲む染《し》み重き荷さげて夕ぐれに佇つ

オベリスク

リンカーンの巨像の前に印ありキング牧師の
立ちし跡なり

細きひも額に巻きし蒙古族《モンゴリアン》先住民らしスミソ
ニアンで会う

先住民が40ドルで売った島マンハッタンは金
が金産む

足枷を踏みつけている勇ましき女神に会いに
フェリーに乗りぬ

古代史を持たざる国の記念塔古代エジプトの
オベリスクに似る

遠景に空刺すごとき記念塔わが足元の草やわらかし

数値

ぽってりとむくんだ足の冷たさを両手でつつ
む娘とわれと

ゆるゆると数値は落ちてみはる目に急降下し
て0《ゼロ》を示せり

臨終は0という字で示されぬ医師もナースも
われも声なく

魂のぬけた面のおだやかさ胸におさめて廊下
へ出でぬ

絶命はにわかにおとずれ呼ぶことも抱きやる
こともなくて終りし

暗黒の地下道をゆくストレッチャーやがて冷たき場所に至れり

まさらなる心づもりの単衣着て清められたる死者とはなりぬ

血族に出迎えられてわが家の庭より密かに死
者は帰れり

母の縫いし君の好みの紺絣われと子の手で亡
骸を覆う

自らが彫りし仏像八体に守られて一夜われと
子も添う

その行為

山墓に喪の列つづく細き道黒衣の人らのろのろとゆく

愛とは「相手を理解しようとするその行為だ」
と若き日の汝

氷る冬に素足で暮らす忍耐を競いしとう諏訪
の岡村

朝ごとにお茶を供える習いなり掌を合わすの
み経も知らねば

あの世なんてねえよと誰うたいしかわれはひ
とりで迎え火を焚く

暁に鳥はうたえりやわはだの胸あずけしは遠きまぼろし

わが庭に住みつきし蟇　水槽に落ちて死にけり夫のあと追う

一周忌

白き芙蓉小さく咲きて秋は来ぬ間もなく夫の
一周忌なり

供えたる秋海棠のこぼれ花きみの遺影に散りかかりたり

直立ちの一茎一花の曼珠沙華細きしべ張りつんつん炎ゆる

みすずかる信濃の湖《うみ》は暗かりき遺骨を抱きて
見晴台に立つ

「湖の氷はとけて」と赤彦の歌かきくれし十
九歳のわれに

わたる陽の光に向い坐を定め仏像を彫《え》る鑿も
つ君の手

一とせを月日よみつつ過ごしきて秋の墓所の
石の冷たさ

かく知らば「もっと話がしたかった」悔しき
思い胸につまりて

新しく墓碑に刻みし夫の法号に秋草匂い陽は
かたぶきぬ

初秋の湖《うみ》に向き立つ山墓に夫の俗名くっきり
刻む

亡き夫がこのみし庭の青葡萄この秋にわかに
枯れてしまいぬ

警官セット

プラタナスの並木はつづき枯芝に冬の影絵が
広く横たう

ささやかな好事《よごと》のありて足急ぎ帰りし夕べ語るひとのなし

茶を供う今日の遺影はほほえみて千両の実こぼれて二つ

大寒の夜の木枯し聞くばかりああ夢だったあれもこれも夢

ある事が頭の中でからみ合う細い細いぐちゃぐちゃの線

頸にくる頭部の重量耐えかねて大の字に寝る
骨の音する

買いやりし「警官セット」装備して手錠ふり
上げわれ追う五歳児

夕時に飛びつき噛みつく暴れ者五歳児パワーに弾けとばさる

伐り置きて半年過ぎし古竹を踏みつけて折るポキポキと折る

御柱

老い人ら声ふりしぼる木遣りうた芽ぶきの谷
に響きてわたる

太綱を断ち切る斧をふりかざす諏訪の男のひきしまる顔

御柱にしがみつく人を荒あらとこぼし払いて直線に落つ

御幣《おんべ》もつ祭袢纏の人の渦ぶじに落ちよと祈る諏訪人

もみの木は十八メートル約九トン神やどるなり御幣の白し

荒ぶれる神を鎮める儀式とや七年一度の夫の
故郷

あと六年われ生きゆかん独り居に新しき慾の
なおいでくれば

熊よけの鈴を鳴らしつつ案内人は蛇、蝮、蛭
に注意せよとぞ

朽ちはてし倒木の穴にびっしりと手のひらほ
どの茸が並ぶ

噴き出でし湧き水いく筋みどりなす苔のあわいを荒あらと落つ

八方の山肌割りて溢れ出る湧水透きて流れの速し

そのむかし山伏たちが修業せし怖い話は夜の
暗闇

八十路を越えて

われらみな八十路を越えて弱りたりおさめの
会の三十八名

おおかたは疲労の川に流されて運と不運をこもごも語る

看とり終え介護に疲れし友は逝く安田講堂に旗ふりしその夫

古き友ディサービスより帰りきて銀座に行きしと真顔でいえり

三宅坂見下ろすホテルに旧友と酒くみかわしダンスなどして

三宅坂さくら咲き満ち風さむし友と歩みぬ半
蔵門まで

生きてこそたわわに白き桜花こよいはひとり
酒くまんかな

折り折りに

わが庭のいちじくの樹に自然生《じねんじょう》這い登りたり
梢を越ゆる

若鮎を葉蘭に二尾をつつみ持ちお勝手からくる旧きつきあい

さいごまで荒れゆく庭を気にしつつ若竹を間引き夫は逝きたり

熱帯夜つづく八月いちじくはらっきょうほど
の実をつけており

日傘さし銀行へゆく道すがら名もしらぬ木に
黄の色の花

夕立のあとの川辺の水たまり自転車こぎくる
子らを映して

紫蘇の葉のむらさきにじむ一抱えたった一粒
の種の豊かさ

這い登る蔓の零余子に手をやればぽろりぽろ
ぽろ落ちて散りたり

ていねいに零余子を洗いむかご飯炊かんか新
米二合をはかる

むかご飯二合を炊きて小さき実のほくほく旨
し口にひろがる

お水送り

お水送り闇夜の若狭神宮寺たいまつの帯鵜の
瀬にながる

とおつ世のしきたり守り水送る闇夜の神事三月二日

み堂より修二会《しゅにえ》の僧の唱う声くれゆく庭にもれてきこゆる

白装束つけたる人が斧もちて空を切りたりわれは額ずく

吹雪くなか手松明かかげわれもゆく二・七キロ炎《ひ》の帯の中

み食《け》つ国わかさ小浜にひとりきて一夜干しなる鰈を食めり

春あさき近江五個荘舟板の塀つづきいて雪のしみあと

鮎の解禁

池上の山の上なる墓どころ父が踏みにしでこぼこの道

風化して文字の消えたる十八基　延享　宝暦
天保の墓石

秋空のひろがる墓にわれと子ら三十三回忌石
を清める

いま在らば百十八歳み柩に入れ忘れたる父の
臍の緒

多摩川の鮎の解禁まちがたく釣箱釣竿なでい
し父の手

山椒のとげある枝と散りし葉をゴミの袋の真中に納む

年の瀬の心は忙しにごりたる障子の桟の塵ぬぐうのみ

エレベーターにバギー入りきて眠る子は冬の
光を顔に集める

枯れ乾く落葉を掃けばおちこちに松の実ほど
の紫蘭の芽生え

木斛に御酒かけ詫びて伐り倒す直径八寸わずかに湿る

苦きがかおる

居酒屋でお湯割り焼き鳥かも鍋をどうぞという子壮年の貌

捨てた夢また拾いたしという息子否とはいわぬわれとはなりぬ

心臓に悪いよと黒のマフラーをむりに巻きやり並びて歩く

雪舞えばわがまなうらに映りくる子らと遊び
しござ橇の丘

がらんどうの座敷にわれの佇めば雛の祭と母
のまぼろし

雛の箱高くかかげて階段を上り降りせし夫にてありし

山椒のやわきみどりの葉の先を臼歯で嚙むに苦きがかおる

諸葛菜うす紫に萌ゆる土手低きガードにひびく轟音

ふとみれば黒ぐろ古き桜木の太き幹より花の一輪

落ち椿よごれおりしを掃くあした樹の下かげは湿りて冷たし

山門の階の広間にみ仏は由比ヶ浜辺にむかいておわす

高殿の欄よりながむる蓮池に大き葉をとる若き僧ふたり

大き葉を僧ささげもつ象鼻杯ながき茎よりわれは御酒すう

象鼻杯ながき茎より冷や酒の香りて喉にしみていくなり

蓮の葉に酒つぐ僧の若くして墨染めの衣いまだ似合わず

下総中山・真間

黒き門くぐれば桜の紅落葉足裏にやさしゆっくりと踏む

たっぷりと枝張り伸ばし天をつく黄に輝ける
〈泣き銀杏〉の樹

法華経寺に戊辰の戦火およびしと板碑は語る
くろ猫ねむる

〈瓶に水一滴さえも漏らさずに〉相伝すると
う荒行の寺

紅葉ちる影をうつして利堂の障子の白し読経
もれくる

はからずも蘇りたりひもじくて薯買いに来し
下総中山

葛飾の真間の入江の名残とう池にかぼそき片《かた》
葉《は》の葦は

鳰とりの葛飾の浦はあの彼方急斜面にたち宅
地見おろす

いにしえの継橋あたりを歩みゆく下総国府想
定図の道

市川の荷風なじみし林家に鮨を食べつつ江戸
名所絵みる

白きもの

明け方に鳥がくずせし山茶花の紅のはなびら
みずみずとして

葉の落ちて残り少なき蠟梅の花は香りぬ　あすは入院

死する事あるやも知れずと思いつつ三年日記買いて帰りぬ

忘れもの頭の中から離れない心の疲労がいら
だちとなる

いちど覚め再び微睡む朝の床ふうわりぬくし
至福のごとし

病み上り七分粥つづく　湯葉にお麩、豆腐、
大根　白きもの清し

待ちおりし春のぬくみに庭に出て赤き芽をふ
く下野草に寄る

霜の朝さ庭の苔の土に浮くさくさく踏みゆき
辛夷を仰ぐ

朝寒むの藭の老木は土の面に小さき花の黄を
こぼし敷く

山椿、小蝶侘助、緋のぼくはん、山吹、海棠
さ庭あかるし

誕生日子に祝されてドン・ペリの金色の気泡
たつをみつめる

古木戸の軋める音はやさしくて夕ぐれ時のわれを待ちいる

夕闇の御苑の桜しろじろと今を限りと揺れもせず立つ

浜御殿の盛衰み守り三百年松は新芽をつんつんたたす

守る力

白壁の塀を構える冷泉家　秋の日ぐれの見学者われは

冷泉家三百石のつつましさ大樹の繁る邸でもなく

八百年守る意志ありて守りこし蔵しらじらと陰影を抱く

『明月記』など守り来し蔵の五つほど巡りて
われは頭をたれぬ

絹糸の五色五束はなやぎて乞巧奠《きっこうてん》のゆらぐ燭
の庭

冷泉家の庭に拾いし梶の葉を先生の歌集の栞としたり

中秋の月の光にほの明し鑿もつ夫の姿なき居間

「今年ほどの名月みえるは八年先」ＴＶはいえどわれは危うし

庭に置くたらいに月をうつし見し母とのむかし思いだしたり

さし湯

初孫の初月給の贈り物タジン鍋にてほかほか
の夕餉

冬至梅いまさかりなり窓を開け君の遺影に香をとどけやる

腕一つたとえ折れても脳だけは無事にと祈る救急車の中

歳末も年始もなくてよいなどとギプスを嘆く
左手骨折

年の瀬にわが青春の職場より新年度手帳かな
らずとどく

年の瀬の昔の買物思い出す楢炭二俵堅炭一俵

新しき手帳に予定書き入れる願望として旅行のことも

ああこれで老い衰えて行く末や足で襖をあっさり開ける

昔見し蛇の脱け殻はらはらと皮膚はがれ落つギプスをとれば

母の声「水にさし湯はいけません」薬のむ時
いつもきこえる

母ゆずりのおせちつくるをあきらめし根性の
なきわれを蔑む

お皿だけ用意して待つ初春の娘はご馳走手ぎわよく盛る

八十三歳兎の年を迎えたり前に跳ね飛ぶかろやかさこそ

はや二十歳《はたち》ピンクの綸子地《りんずじ》に菊、牡丹、花橘の振袖匂う

千鶴子二十歳黒髪高く結いあげて振袖ゆらし大股で歩く

娘が着し振袖を孫娘が装う　バスケで鍛えし
肢体が響く

お茶供えかけ声かけて立ち上がる今の私をあ
なたは知らない

お呪《まじな》い〈だいせんじがけだらなよさ〉ひとりの夜に修司と遊ぶ

若草山

夜に入り光源を断ちしずもれる若草山は闇に
溶けゆく

たちまちに火は連なりて燃え盛り若草山を焼きてゆくなり

溶鉄の流れともみゆ黄と燈に燃えたけてゆく若草山は

朝明けて山焼のあと黒ぐろと若草山は春を告げおり

朝日うけ落慶祝う旗のみち平等院へと列なしすすむ

朱のいろの平橋反橋わたり入り阿弥陀如来の
お目仰ぎみる

壁にある雲中供養菩薩像のびやかにやさし浄
土というは

極楽の浄土夢みし鳳凰堂一羽のさぎが飛びたちゆけり

橋げたの太き列柱ほとばしる流れ激しき京の宇治川

人気なき山道けわし来迎院うぐいすの声われ
をはげます

雪

色づきし樹々の葉を削ぐ風あらび初雪ふりぬ
奥志賀の秋

幹を巻く野ぶどうの葉の紅ふかしこぼれ落ちるか黒き実りは

「天明の飢餓」に滅びし村のあと大秋山の名をのこすのみ

「天明の飢饉」のありて餓死したる八名の墓
はいずこにありや

本家から渡り廊下で繋がれる七戸の分家の絆
というは

明けやらぬ空あお黒く雪あかり白妙の庭の起
伏やわらかし

音もなく庭木に雪は積りゆく信濃の山の墓所
思ほゆ

裸木の辛夷に雪は積りつつふぶけば散りてまたつもりゆく

大雪に撓む若竹ちかづけばざざっと雪を払いて立てり

空あおぎふわふわの雪を顔にうけ目つぶる一
瞬からっぽの脳

果つる日も遠くはあらじ何もかも覆い尽くし
て雪の庭なり

大雪の香る庭べの一隅に万両の紅うすらにすけて

春立てど雪は信濃を凍らせて山墓の石白くつつむか

父の声

浅草の仲見世通りの人の波善男善女は春の顔して

匂いくる人形焼にぬれ煎餅わが掌をつかむ父
の声する

咲き満ちて枝垂れ妖しきさくらばな伝法院の
江戸の寺庭

ひとけなき吉原大門くろがねの柱二本と芽ぶかぬやなぎ

橘の棘さえやわき黄みどりの葉のうえに生れし小さき黒虫

庭すみの黒竹のむれ今年竹さつきの風にみどり泳がす

惜しきこと思わず寝ねんひるがおの淡《うす》紅《べに》のいろ思い出しつつ

ああわれは何を恋い待つ寂しさや春雷尾をひき消えてゆきたり

父の願い遂げ得ぬと思うかなしみに春雷遠く胸にひびけり

Ⅲ

はたち

生れ來て二十歳となりぬ五月の山青く陽に照る日に生まれしか

日に日に新しく生きて悔いはせじわれ生れ來て二十とせの今日

誕生日の夕餉の膳に向かひつつ家族樂しも我を祝ひて

信ずる事我は爲さむと苦しむをただ生意氣と
理解されずも

生意氣と母はいふとも我はわが信ずる所を進
むよりなき

衝突を豫期すれど母に言はざればば直に苦しく
言ひて爭ふ

『風知草』買はずに出でてお茶を飲み四十圓
を空しく費ふ

家隅に今日より人の家の建つ槌響きくる母病む部屋に

プレゼント

華やかに師走の街は飾られて狭き舗道の人波をゆく

買ふ人の殆どなきを聲高く客引きとむる露天
つづけり

この露天なからましかば歩みよしと思へど彼
ら何處へぞゆく

狭き舗道に露天竝み居り賣る聲のしはがれたるが悲痛に聞ゆ

大き店のクリスマスツリーきほひたる人ら渦巻けど買ふ人稀に

賑へるデパートの前にて君はふと「プレゼントしませうか」と言ひ給ひたり

日頃から欲しと思ひし太筆あり君にたのみて店にいりゆく

太筆を望みしままに給ひにし君の心は嬉しかりけり

太き筆の穂先握りつつ人混みを君につづきつつはぐれじとゆく

沈黙

卒論の「永代藏」の構想を映畫待つ間も考へ
續く

吾れは獨り考へつづけ隣なる君は時々あくびし給ふ

滿員の映畫一つに午後は暮れ吾ら默して夜道歸りぬ

せつかくに二人の時を持ちながら只に默すは
口惜しと思ふ

このままでよきはずはなし吾ら二人希望に燃
えし青年なるに

この沈黙破りて行かん語らひて高まりていく
時を持ちたい

君よりは多くを攝《と》れり吾よりも何か捧げん努
力つづけむ

たまゆらの

「愛よりも戀よりも大事な事がある」と靜か

に笑ふ視線に合ひぬ

分別のただぢろぎ深き汝が性にひたに向かひて
時にさびしも

「生半可」と君を呼ばひて「嫌ひだ」と言葉
足らずに怒り放てる

怒り消え呆けしごとく別れ來て今宵は早く眠らんとする

愛憎の亂れの果てはたまゆらの君の微笑のまなこに浮かぶ

愛しくも君に手觸れし思ひ出あり潮の如く吾
に寄せくる

かりそめと忘れしものを時にふと思ひわくな
り忘れかねつも

白き布

蘇る奇蹟あらばとわが母の心臓におく熱きタオルを

亡き母の床敷きしあと部屋すみに青く殘りて
初夏の日の射す

亡き母の植ゑし苺は色づきて夕餉の後に父と
摘みゆく

この夕べはははの御靈に初なりの苺供へて父は
經あぐ

亡き母の四十九日の夜ふけて白き布など片付
け終る

母の亡き冬の支度と秋茄子を去年に眞似て唐子漬する

長病みの母亡き寝間の床にゐて木の間に月の移らふを観る

吾を待ちて待ち得て水の一口はあやしき音させ御命終りき

跋

内藤　明

生れ來て二十歳となりぬ五月の山青く陽に照る日に生まれしか
生意氣と母はいふとも我はわが信ずる所を進むよりなき
「生半可」と君を呼ばひて「嫌ひだ」と言葉足らずに怒り放てる

歌集の巻末に、Ⅲとして載せられている初期の作品である。当時の歴史的仮名遣い、旧字を残しているが、何とも初々しく、未知の世界への希望に満ちた時代を感じさせる歌である。後に回想として「授業中に江田島の話する教師若きわれらは心ゆすらる」「動員の大学生らが持ち寄りし書物の中のダンテの『神曲』」「戦争は終りと聞けど負けしとはわれら

思わず　何かせん　何を」と歌われた時代を経て、女性としての、また人間としての解放がなされようとした時代である。それは母の世代とのギャップをも生んだが、自らを恃み、悩んで前に進もうとする姿勢は、まさしく時代のものであったといえるだろう。その中で作者は生涯の伴侶を得る。三首目には若い柳澤さんらしい口吻が、そのまま言葉として歌にうたわれている。作者は女子大に学んで国文学を専攻するが、また外国文学や時代の新たな思潮に触れ、卒業後は出版や放送業界に勤務することとなる。時代や社会の中で積極的に生きる道を求める作者がおり、その生の直接的な表現として短歌があったといえよう。

その後長い中断があって、作者は再び短歌に戻る。その契機は、夫君武康氏が『音』を始めた武川忠一と同郷の後輩であったことによるらしい。五十音順に並ぶ『音』の作品欄では、武康氏と依子さんは並んで載せられていた。やや観念的で思索的な武康氏の隣にあって、依子さんの歌は、おっとりと優雅で、奥ゆかしさを思わせた。今回、歌集にまとめられた歌を読み進んでも、言葉を丁寧に続けて季節の自然をとらえていく端正な歌に、古典にも造詣の深い依子さんの世界の一端を見ることができる。

朽ちかける父の葡萄の枝先に十房ばかりの花を咲かしむ
白梅の香りをいだく霧雨に首すじ濡らし朝刊をとる
「めずらしい蝶がいるよ」と夫の声青じその花ゆらす豹紋

一首目、亡き父が丹精に育てた葡萄の弱っていた枝に、新たな命が吹き込まれた感動が歌われている。人事と自然を融合させ、そこに時間を取り込みながら、細かな観察が生かされている。二首目、止まっているかのような朝の霧雨に包みこまれた白梅の香りを感覚的にとらえ、そこに自らの行為を何気なく歌い込んで、ある艶なる気分をも醸し出している。三首目、豹の紋様のある蝶が青じその花をゆらしているのが観察されているが、それが夫の言葉によって導かれており、風景の中に、夫と妻が寄りそっているかのようである。

もちろん、歌集には景をとらえるさまざまな工夫のある歌も多いが、このように見て来ると、作者の歌は生物の命を見つめ賛美するとともに、それと関わって人間の存在が多く歌われているといえよう。一冊を通してみてみると、人事や、我と人間、自然と人間の関わりが歌われている歌の多いことに、あらためて気付かされる。そして亡き父母、息子、嫁、孫と、それぞれの姿がくっきりと浮かんでくる。その中でも、とりわけ心に残るのは夫の姿であろう。

無花果の樹をよじ登るわが夫に親方気取りで指図をしたり
再びは来ることなきや君に添いさくらさくらと一日を酔う
絶命はにわかにおとずれ呼ぶことも抱きやることもなくて終りし
母の縫いし君の好みの紺絣われと子の手で亡骸を覆う
冬至梅いまさかりなり窓を開け君の遺影に香をとどけやる
お茶供えかけ声かけて立ち上がる今の私をあなたは知らない

一、二首目は、夫在りし日の歌である。「夫」といい、「君」といい、かつて一瞬「嫌ひだ」と言い放たれた恋人が、対等に、また親愛の情をこめて詠まれている。二首目の吉野行の背後には、何か予感めいたものがあったのだろうか。また三、四首目は夫を見送る場面の歌である。四首目では、母、夫、子を一つにする紐絆が悲しみを具象化する。さらに五、六首目はその後の時間の歌である。五首目では、庭の手入れに余念のなかった夫への思いが具体的な香をもって歌われ、また六首目の結句の口語的表現には、時間の経過と、時間の経過を経ても変わらない思いがこめられている。夫に語りかける形で自らの現在がうたわれており、ぐさりと来る。

この歌集は、夫とともに過ごした日々をⅠとし、逝去以降をⅡとし、その出会いの時間をⅢとしている。Ⅰには夫を気遣う歌もみられるが、夫の死が作者にとっていかに大きかったかを物語っていよう。ちなみに、作者より一足先に夫君武康氏は『音』に作品を出し始めたが、一九九九年の四月の音二〇〇号記念号の自選歌には、次のような歌が見られる。

七年に一度の祭りにまた邂《あ》えり喜寿我妻と曳き綱を把《と》る

水指の葉蓋《はぶた》の蓮に結ぶ水無碍《むげ》の動《どう》秘む暫しの静寂《しじま》

動員の学徒解散《わかれ》の寄書きに空しさ払い「夢」と記せり

柳澤武康

一首目は諏訪の御柱祭を歌ったもの。祭りの行われる七年毎に諏訪を訪れていたのだろうか。それは妻と重ねられていく時間の蓄積でもあったのだろう。本集では依子さんのⅡの御柱の一連の歌中に、

あと六年われ生きゆかん独り居に新しき慾のなおいでくれば

という一首がある。夫亡きあとの時間と、生への意志と覚悟を思わせる。二首目は、武康氏らしい仏教哲理的な歌である。直接の関わりはないが、依子さんの歌に出てくる蓮の花や蓮台を彫る夫の歌が思い出される。また、三首目は、敗戦によって動員が解除された時の歌だろう。冒頭に触れた依子さんの歌と重なる時間の、うちひしがれながらも前向きな武康

氏の思いが語られている。お二人の歌が並んで載せられていた時間はそう長くはなかったが、武康さんもⅢの時期に歌を作られていたわけであり、歌が二人の愛の確認にとって重要なものであったことが思われる。

愛とは「相手を理解しようとするその行為だ」と若き日の汝
暁に鳥はうたえりやわはだの胸あずけしは遠きまぼろし

作者の夫への尊敬と信頼が、深く、美しく刻まれている歌である。お二人が、長い時間の休止を経て短歌を再開されたのは偶然もあっただろうが、それは結局、年輪を重ねた夫婦がその原点たる戦後の時間に戻るためのものだったといえるのではないだろうか。

このような依子さんにとって、夫の逝去は、考えられないことであっただろう。しかし、またそれ故に、依子さんは、短歌を生きていくための必要欠くべからざるものとし、その後の生を歌に刻んでいく。

生きてこそたわわに白き桜花こよいはひとり酒くまんかな
エレベーターにバギー入りきて眠る子は冬の光を顔に集める
たっぷりと枝張り伸ばし天をつく黄に輝ける〈泣き銀杏〉の樹
病み上り七分粥つづく　湯葉にお麩、豆腐、大根　白きもの清し
母の声「水にさし湯はいけません」薬のむ時いつもきこえる
年の瀬にわが青春の職場より新年度手帳かならずとどく
大雪に撓む若竹ちかづけばざざっと雪を払いて立てり
惜しきこと思わず寝ねんひるがおの淡紅《うすべに》のいろ思い出しつつ
ああわれは何を恋い待つ寂しさや春雷尾をひき消えてゆきたり

近年の歌は、ある軽みやユーモアをも取り込みながら生の照り陰りを映しだし、また時間、空間を往還して一人の人間のたどって来た時空を叙情味豊かに言葉にとどめ、味わい深いものとなっている。老いの意識をもちつつ、ある明るさや前向きさが指向されており、景や対象が象徴性をもって作者の現在やその祈りを示していく。いくつもの旅の歌にも、

円熟した細やかな視線が見られ、現在の思いが重ねられているとともに、文化や歴史への衰えることのない好奇心をもうかがわせる。読者は本集を読みながら、歌を通して、この列島の自然と歴史の中に、作者の生が静かに溶け込んでいることを感ぜずにはいられないだろう。

柳澤さんの歌は、その初発から人生的、生活的であり、また知的でもあったが、それと古典的な端正さや幽艶さが加わって、年輪を重ねるとともにその深さを増している。この一冊にはそういった柳澤さんの歩みと現在がさまざまに展開されており、華と寂をそなえた、たっぷりと豊かな歌集になっている。背後にある長い年月の結晶としての『半蔵門まで』の出版をお祝いし、柳澤さんの歌と生のさらなる深まりを祈って止まない。

あとがき

長野県上諏訪出身の亡き夫、柳沢武康は、子供の頃から武川忠一先生と親しくして頂き、武川家の育英会である報恩会の巣鴨の寮にもお世話になりました。そのような間柄でしたので、武康は一九四六年創刊の「まひる野」に入会、投稿をしていて、大学に入学したばかりの私にも入会をすすめました。その頃の「まひる野」の仲間たちはみんな若く、歌会も熱気に満ちていました。「まひる野」には、五年ほど在籍しましたが、武康も私も仕事に就き、歌からは遠く離れて月日が過ぎました。

ある時、武川先生とお会いした武康は「音」のことを知りました。すぐに二人揃って入会したのは一九九七年十一月のことでした。武康は早速投稿をはじめましたが、私はなかなか歌をつくることが出来ませんでした。

或る朝、新聞で窪田章一郎先生の訃報を知り、護国寺にかけつけお別れをいたしました。葬儀委員長は武川忠一先生で、かつての「まひる野」の仲間のお顔もみかけましたが、あまりにも長く歌から離れていた私は、皆様の側に行くことはできませんでした。

それからしばらくして、「音」の東京歌会に出てみたいと思い訪ねましたら、感じのよい対応で緊張もほぐれたことを思い出します。すぐ詠草を送り、二〇〇三年十月号にはじめて私の歌が掲載されました。欠詠をしないように心がけて十年余、一時期には柳沢武康、柳澤依子の歌が並んで載っていました。

二〇〇八年十月十九日、突然の病に夫は他界してしまいました。半年ほど呆然と過ごしましたが、じょじょに歌を詠むことが生き残った私の大きな支えとなっていきました。

私は、武康の年を越えて今年で八十八歳になります。今までの歌をまとめて歌集を編むことを思いたちましたが、自分の素肌をみせることでもあり、加えて自分の歌の拙さに何とも恥入るばかりでございます。

二〇〇三年から二〇一四年までに「音」に掲載された作品をⅠとⅡにほぼ年代順に。Ⅲには「まひる野」の頃の作品を選びました。

歌を詠むきっかけをつくってくれた夫を想い、できれば夫の歌集もつくりたいと考えております。これからの残生をしっかりと歩みつづける拠りどころとして、歌を詠んでいきたいと思います。

本歌集の出版に当たり、ご多忙の内藤明先生に、貴重なお時間を割いて頂き、選歌、跋文、帯文などを賜りました。厚く御礼を申し上げます。また秋山周子氏には、数々のご助言とお力添えを頂き、さらに校正も引き受けて頂き、厚く御礼を申し上げます。「音」短歌会の皆さまからはいつも励ましていただき、ありがとうございます。

出版をお引き受け頂き、お骨折り下さいました砂子屋書房の田村雅之様にすべてをお任せして、完成させることが出来ました。厚く御礼を申し上げます。

二〇一四年三月

柳澤依子

このささやかな歌集を亡き　父　母　夫　に捧げたいと思います

半蔵門まで　柳澤依子歌集　音叢書

二〇一五年五月二五日初版発行

著　者　柳澤依子
〒142-0042　東京都品川区豊町二―十四―五

発行者　田村雅之

発行所　砂子屋書房
東京都千代田区内神田三―四―七（〒一〇一―〇〇四七）
電話　〇三―三二五六―四七〇八　振替　〇〇一三〇―二―九七六三一
URL　http://www.sunagoya.com

組　版　はあどわあく

印　刷　長野印刷商工株式会社

製　本　渋谷文泉閣